U0068589

孟姜女

台灣第一本譜曲之歌劇劇本

夏菁——著

目次

李永剛先生所作序曲的第一頁

寫在《孟姜女》歌劇劇本出版之前

李歐梵

數月前，夏菁先生從美國傳來一封電郵，請我為《孟姜女》歌劇劇本的出版，寫一些我父親李永剛教授為此劇譜曲的情形。我一口氣答應，現在動筆時，卻不知從何寫起。

翻看自己十多年前為父親逝世所作的幾篇小文，不覺百感交集。父親瘦削的身影（不知何故，我心目中的父親總是他四十多歲中年時的形象）又浮現在眼前，頓覺眼眶有的濕潤了。如今我也年過七十，重新想起父親的一生，當然不無感嘆；早年也曾將個人的感慨，在那幾篇舊文中「發洩」過了。

唯獨對父親這部從未上演的歌劇《孟姜女》，似乎沒有發表過什麼感想。現在借著寫這篇小序的機會，略抒一個音樂外行人員的看法和臆想。

歌劇是十九世紀以來「集大成」的藝術形式，也是把音樂和文學、戲劇、美術（舞臺設計）、甚至科技（燈光佈景）結合在一起的總體藝術。然而在二十世紀中國的音樂史上卻絕無僅有。父親作曲的《孟姜女》，雖然未能演出，但至少是台灣那個時代（上世紀五、六十年代）的第一部歌劇作品吧！據邱瑗為父親寫的傳記：《李永剛：有情必詠，無欲則剛》（臺北時報出版，二〇〇三）一書中所述、這首歌劇完成於一九五九年，寫作時期當在前兩年。父親當時是四十九歲。我和現在在美國的家妹李美梵在越洋電話中談到此事，都覺得似乎還晚一點，可能是記憶中時間的誤差，也可能是下意識之間想把這部作品變成「晚期」集大成之作——作曲家一生的「終極」里程碑。

然而，這個憶測還是站不住腳。現在看來《孟姜女》最多只能算是父親作曲生涯中的一個大膽嘗試，也自有它的歷史意義。在此之前，父親已經作了不少合唱曲，包括較有份量的《大巴山之戀》和不少獨唱曲，從這個基礎上很自然地更進一步邁向歌劇。所以家妹和我都不約而同地覺得：這部歌劇的特色是合唱，而非獨唱、二重唱等的詠嘆調（Arias）主導的形式（樂迷們一聽到普契尼的《蝴蝶夫人》就不覺哼起獨唱曲「美好的一天」）。當然任何傳統歌劇作曲家都免不了為了突顯女高音或男高音的主角身份而作出幾首詠嘆調。記得父親先是受名詩人夏菁之託為他所作的劇本譜曲，後來又得到名女高音沈愫之女士的全力支持，《孟姜女》這個角色也是為她「量身打造的」。我手頭沒有總譜，所以在電話中特別詢問美

李永剛教授凝神譜曲珍貴留影

梵最後的結局，果然不錯，重點不在「孟姜女哭倒長城」的女高音獨唱那段，而在築長城時和最後孟姜女死後眾民伕的混聲合唱（普契尼的《杜蘭朵公主》也是如此。在此部未能完成的歌劇中，合唱部份至少和獨唱佔同等地位）。

合唱的創作，和交響樂一樣，首重和聲。父親一生在和聲理論和合唱曲作法這兩方面所下的工夫最深。家妹提到：父親的合唱曲，並不以某一聲部獨佔全曲的主題，一般作曲家往往只用一個聲部（如女高音）帶動全曲的主旋律，其他各聲部則作伴奏式的陪襯，而父親作品中往往四部各有旋律，即使全曲有主題式的主旋律，也不一定由女高音唱出。這一個觀點是家妹——現在也是一個合唱團的指揮——特別指出的。她領導的華盛頓區的「童心合唱團」，將會在演唱會中選用《孟姜女》中的兩首合唱曲。父親逝世後不久在臺北舉行的李永剛教授紀念音樂會中，也曾首次演唱劇中的兩首詠嘆調和一首二重唱。

《孟姜女》共有四幕六景七場，看來規模不小。受到當年的環境條件影響，最終未能演出是意料中事。內情如何，我不得而知，只能說父親已經盡了全力。我依稀記得，他幾乎每天都在家中小書房的鋼琴前哼哼唱唱，走火入魔，完全浸淫在創作世界之中。而我當時剛上了大學，有了自己的天地，未能和父親分享創作時的艱苦和樂趣。作過鋼琴教師的母親往往也只是被動的聆聽，鮮有參加討論。想來這段創作過程是孤獨的，最後到了排練階段，卻中途而廢。此中辛酸只有他自己知道，以後也很少提起。

我沒有資格評論劇中的作曲法。專業出身的家妹在電話中又指出，父親對於中國音樂及民歌傳統也化了不少精力，但他的和聲作曲法還是來自西方傳統，依然在調性範疇之內。我在舊文中也曾提到，父親對西方現代音樂中的「無調性」（atonality）頗有排斥，這也是和他的音樂訓練有關（得自典型的德奧傳統外，加一點法國廿世紀初的音樂知識），現在聽來似乎不夠「新潮」。在邱瑗的書中特別引用了父親的老同學和老友馬孝駿——馬友友的父親——寫給父親討論《孟姜女》的一封信，我在此再引用一次：

「關於倣作曲家（是否齊爾品？）的《孟姜女》，我曾在上海（一九四七年）看過，我的印象是很不調和，好像洋人穿中國衣服一樣的不順眼（耳）。和聲只有今昔之分，並沒有什麼『中國和聲』……中國音樂很少有和聲的成份，如果要把他近代化起來，我想最好是選用近代和聲，例如Debussy的有些作品……」

可惜不知道父親回信的內容如何？我猜他必會同意這個看法。《孟姜女》可以作為例證，用的也是近代和聲，內中沒有Debussy的調色，倒有不少中國民歌的影子。

另一件憾事是：至少對我而言，原譜只有鋼琴伴奏，而交響樂配器譜則出自另外一位作曲家之手。不知何故？父親一生從來沒有作過交響曲，也許他自知那時演出無望而怯步！亦或是時不我與？我只記得父親生前常抱怨行政（他當過政工幹校的音樂系主任）上的雜務太多，沒有充份時間作曲。能夠完成這部歌劇，已算幸事。好在後來因這部作品得到教育部的文藝獎，也算是一種榮譽。

夏菁先生已在「後記」中闡述撰寫這部歌劇詩歌文字的經過，我現在將父親長年譜曲的甘苦，草草寫下一點雜感及回憶，聊表心意，並期待有朝一日《孟姜女》能夠全劇演出，以告慰父親在天之靈。

二〇一一年六月四日

於香港九龍塘

人物

孟姜女
萬喜良
乳　媼
孟父、孟母
田　豹
卜　者
總監工

監工甲、乙
校　尉
僕人甲、乙及其他
婢女甲、乙、丙、丁及其他
隊　長
隊　副
司　儀
男賓甲、乙、丙
女賓甲、伴娘
叔祖母、三姨父母、堂姪女二人
老僕人
使者甲、乙
士兵甲、乙及其他

樵夫甲、乙及其他
孩童甲、乙及其他
民伕甲及其他
小販、乞丐
農夫、賣花女
樂女及舞生
群　眾
軍　隊

第一幕

第一場：姑蘇城門

正是早市。小販叫賣，乞丐要錢，農夫進城，少女賣花，行人不絕於途。

片刻後：

卜　者　天機勿可以洩漏，

有時——不妨透一線。
月暈預告著大風起；
慧星出現是凶年。
上蒼不語卻有意，
讓我賺些避難錢。

（向行人）

生死榮枯，均由天定，
姻緣聚散，蓍龜顯靈。

（旁白）

昨日夜半，犬哭雞啼，
千古恨事，由今朝啟。

（號角聲自遠而近，一隊士兵上場，為首者展一告示）

使者甲 各位父老兄弟請聽，

當今皇帝英武賢明；
功高三皇，德過五帝，
人跡所至，莫不稱臣。
今為奠定萬世基業，
務須合力抗拒胡人。
欲保子孫永遠安樂，
更須早日建妥長城。

使者乙 長城現已築成小半，
還有兩個五年可以造完。
當然，一個五年比兩個更早，
一個壯丁作兩個更妙。

使者甲 皇帝為了可憐
千萬民伕死在戍邊，

特於今春齋戒祈求，
經神明指點：
只要徵集姓萬的壯丁，
一個可以抵作萬人。
諸位親友中如有「萬」姓，
務請來參如這光榮的使命！

使者乙 好了，好了，
讓不是姓萬的悻然而去吧！
讓姓萬的欣然來報效。

（張貼告示後進城，眾人鬨亂；或擁看告示，或交頭接耳，或慌張報訊。稍稍平靜後，萬喜良上）

萬喜良 昨夜三更時突然驚醒，
今日在書齋又坐立不定，

頭像鼎一般重，
腳似羽毛輕。
一早迷迷糊糊踱出了城。
唉！這片春暖花開之景，
自我失神的眼中看來，
只似秋晚的淒淡。
那往常登高、踏青的虎丘，
望去也只像是一座新墳。

卜　者　生死榮枯，均由天定
姻緣聚散，蓍龜顯靈。

萬喜良　老丈，請教，請教。

卜　者　有何見教？

萬喜良　心神不寧，請卜預兆。

卜　者　（拂龜占卜）
禍從城上起，
福自池中來；
孤鳥宿北漠，
一去不復還。
萬喜良　請為詳解，寓意太奧。
卜　者　時辰一到，便可分曉。
（一僕人匆匆趕上，將萬拉至城牆告示旁，萬大驚）
僕　人　這是公子的盤纏資，
請你速奔舅家不宜遲。
萬喜良　啊！命運真是一頭怪獸，
發作時趕得你無路可走（下）。
卜　者　蓬萊有島，仙藥難求，

長城萬里，豈保千秋？
或為九五，或為庶民，
各有定命，難逃天數。
（燈滅，幕落，第一場完。）

第二場：松江華亭村，孟家後花園。

數天後的向晚，雨後。幕啟時，萬在池塘邊柳樹下躲雨。

萬喜良　幸虧在此避一陣雨——
這園里靜悄悄沒有一人。
自我不分晝夜逃亡以來
這雙腳已變成我的主人；
其餘的只是它的扈從。
現在，當主人疲憊萬分，
叛逆已在暗中活動。
尤其是一雙敵不住外界勾引

終於不貞的眼睛。
好吧！讓它在此放浪片刻，
忘卻這幾天的慘霧愁雲，
讓它暫時像蜜蜂一般，
流連於芬芳暖和的春。
（歌聲琴聲忽自樓窗口傳出，孟姜女晚妝畢，正開始彈唱，萬即躲在柳樹背後竊聽。）

孟姜女 浴罷身如蝴蝶輕，

眾婢女 蝴蝶輕！

孟姜女 欲飛牆外把春尋

眾婢女 把春尋！

孟姜女 翩翩只是少一隻，

眾婢女 少一隻！

孟姜女　落花時節更孤零，

眾婢女　更孤零！

孟姜女　日日高樓照明鏡，

眾婢女　照明鏡！

孟姜女　絲絲柔髮如柳青，

眾婢女　如柳青！

孟姜女　有朝忽見霜雪至，

眾婢女　霜雪至！

孟姜女　怨爺怨娘怨誰人？

眾婢女　怨誰人？

（孟父、孟母及僕人出現在樓下走廊。）

孟　父　（笑）你聽！真是女大不中留，

現在已經在怨尤。

孟母　做父母的已費煞苦心，
怎奈嬌寵已經成性！
（孟姜女下樓請安）
孟姜女　爹！娘！好！
孟母　好！寶寶！
孟父　你恨不得再抱一抱。
孟母　還不是給你寵壞了！
孟父　好好，我們快去前廳，
看看又是誰家的媒人？（同孟母下）
（琴聲又起，孟姜女自走廊起舞，趨向園中。）
孟姜女　五月像出嫁前夕的新人，
忽兒歡喜，忽兒又傷心。
藍天是她明媚的眸子，

深邃得有無限熱情。
玫瑰是她馥郁的芳心，
吐出了少女的清芬。
綠楊是她稠密的柔髮，
低垂著低垂著絲絲神祕。
湖水是她起伏的胸脯，
呼吸著呼吸著童真的氣息。
可是，我曾見過她寂寞的流淚，
那是深夜裡凝滴的露水；
也曾聽到她唱得傷心，
那是杜鵑賦別的歌聲。
五月像一位將出嫁的新人，
一忽兒陰雨，一忽兒晴！

（眾婢女拍手叫好，孟姜女冷不防將團扇失落池中，孟即捲衣露臂，彎身取扇，扇卻漂至柳樹邊。）

眾婢女 小心，小心，池水太冷，
慢行，慢行，腳下謹慎；
不忙，不忙，風兒輕狂，
扇兒，扇兒，漂往何方？

（孟超過柳樹取得團扇，折回時，萬無處可躲，終被發現。孟掩臂驚奔，眾婢女均擁至。）

萬喜良 唐突冒失之處，
尚請小姐多多包涵。
我從外地來此，
避雨躲入貴府花園。

婢女甲 你如仰慕小姐的芳名，

應堂皇地從前門來求親。
看你爬樹跳牆一身是土，
躲躲藏藏準不是好人！

婢女乙 軒昂的外貌，卑鄙的心，
溫柔的聲調裡懷著鬼胎。
一株鮮艷奪目的毒蕈，
一個蒙了羊皮的狐身。

（眾婢女鬨笑。）

萬喜良 這是世間最悅耳的笑聲，
雖然並不是善意；
比起我這幾天悲嘆之音，
著實是賦有生氣。

孟姜女 我的稚嫩的肌膚已經刺傷——

被蟾蜍惡毒的眼睛。
在童貞的生命死滅之前，
我願意忍受這一支暗箭，
一詢誰是這利鏃的主人？

萬喜良 那不過是一株無心的箭，
滑落自緊張的弦。
它的主人已疲於奔波，
正苦於無處可躲。

孟姜女 唉！潔白在無意之間，
已沾上洗不清的污點。
一朵尚未開出的蓓蕾，
給一隻魯莽的斑鳩撞毀。

婢女丙 無心與有意時常會面，

熱情和冷淡為鄰。
鮮花常長在頑石的旁邊，
嬌妻跟蠢郎同眠。

萬喜良　我熱情的藤蔓，
早已被恐懼的利刃揮斷。
除非有復甦的雨露，
能使它重新繾綣。

孟姜女　（對眾婢女旁白）
我的柔美的肌膚，
他竟能視若無覩。
這不但已損害了我的童貞，
也刺傷了我的自尊。

婢女丁　我們來吟一首古詩助助興，

或能啟發他頑冥的心靈。

眾婢女　「關關雎鳩，在河之洲。
窈窕淑女，君子好逑：
參差荇菜，左右流之，
窈窕淑女，寤寐求之……」

孟姜女　噓噓！我偷偷地教給你們，
並非要你們如百鳥鳴春。
這豈是女子可以高聲朗誦，
且違反皇帝焚書的禁令！

（眾婢女啞然而退）

萬喜良　皇帝，皇帝，
焚詩書，坑儒生，
建阿房，築長城，

信方士，行霸道，
收兵器，鑄銅人，
天下從此不安寧，
誤盡蒼生，害死百姓！

孟姜女 你內心的氣憤，
掩不住你溫柔的口音。
如果有什麼困難，
不妨進屋裡一談。

萬喜良 不！謝謝你的好心，
我只像一隻倦飛的鷹，
滿足於小憩的樹頂。

孟姜女 請在這裡多憩一陣，
我教人拿出茶來。

（旁白）月色雖然是那麼消淡，
海潮已被他高高激引。（孟下）

萬喜良　冰雪的嚴冬，
抵不住一陣春風。
漫天的濃霧，
豈能將朝陽遮住？
在我們內心的深處，
常有一種奢望，
像暗室中的花木
每一枝都伸向微光。
唉！不要夢想！
我這棵尚未結實的果樹，
不久要被殘忍的園丁砍除。

此刻，我不願多生
歡樂的枝葉；
寧將痛苦的根，
深深地藏於泥土裡！
（乳媼端茶攜果而上）

乳　媼　請來用茶，請嚐鮮果。

萬喜良　謝謝。（進屋）

乳　媼　本地沒有好水果，
比不上我們姑蘇。
這時節正是批杷上市——
太湖西山的最甜最大，
分為紅沙和白沙。
記得小時候在枇杷林下，

從清早一直吃到中午：
十指和嘴唇像浸在蜜裡，
受不了的只有鼓鼓的小肚皮。
哈哈，哈哈哈！
同鄉人說句把粗話不要緊。
現在，讓我來揀幾句正經……

萬喜良　難得，妳也是姑蘇人……

乳　媼　每個人都說話柔柔地
要和後門的流水相比。
家鄉就是水好，從小吃了
都出落得雪白粉嫩。
我家的小姐，因吃了
我的奶水，長得肌膚亭勻；

你看她的「玉臂」，
不是比鮮藕還嫩！
啊！說了半天，還未請問
尊姓大名？

萬喜良 姓萬，喜良是我的名。

乳　媼 萬——我知道，
就是萬里長城的萬！
（旁白）我聽說過你，不妨再問問。
請問貴庚多少？有否娶親？

萬喜良 娶親？——
我早已娶親，
今年已三十有零。

乳　媼 娶的那一家？

萬喜良 娶的——娶的是——范家。

乳　媼 哈哈哈！
你蒙著眼睛說話，
卻掩不住我耳朵的乖靈。
你不妨將天下人都當作獃子，
卻不要隱瞞你的鄉鄰！

萬喜良 不敢，不敢，
我確有難言之隱。
正投奔松江的親戚，
避雨在這裡停一停。

乳　媼 這是上天的作合，
讓你在此停一停。
當你看到小姐的玉臂，

她已默許了終身。

萬喜良 一個幸運的嬰兒，

生錯了一個時辰。

乳　媼 你不必患得患失，

讓我說給你聽聽——

今朝，我姪兒從家鄉來到，

提起一個姓萬的少爺在逃；

府衙已通知各地城門，

你已來不及再向他處投奔。

萬喜良 那如何是好？

乳　媼 只有一條路可逃，

這叫做脫運交運。

萬喜良 我豈忍連累別人？

乳媼　有人想連累也連不上，
獨生的小姐脾氣倔強；
她有個寶貝的表兄，
連做了幾年的蛤蟆夢。

萬喜良　我恨，恨我自己！
不！要咒咀的是我的姓，
不是我的本身。
它雖是一種虛無的標記，
但將我幸福的身體，
如囚犯般牢牢鎖起。

乳媼　你可以釋放你自己，
只要願意——換一個新的標記。
（旁白）入贅就可以！

那個該咒咀的舊的，
我會給你隱藏起。
（孟姜女上）

乳　媼　我已將牛郎向織女牽引，
用我餵奶的力氣。
以後如何在鵲橋上相會？
這是你們倆人的事情。

孟姜女　飛鳥在一整天撲翅以後，
已回到窩裡休息。
太陽雖有個不朽的金輪，
現在也已經藏起。
願我倆在夜幕垂下以前，
結束這場捉迷藏的遊戲！

萬喜良 經過駭浪後的海面格外安謐，
經過風雨後的天空格外明麗，
經過抑止後的情感格外奔放，
經過痛苦後的人生格外甜蜜。

孟姜女 牛郎星已經閃閃在天庭。

萬喜良 織女座也開始在擠眼睛。

孟姜女 他們間交換著祕密的語言，

萬喜良 那是一種永恆的誓盟！

（兩人同聲）

他們間交換著祕密的語言，
那是一種永恆的誓盟！

（兩人攜手而下，第一幕完。）

第二幕

第一場：孟府大廳。

掛燈結彩，喜氣洋洋。開幕時只有幾個僕人在場。片刻後，一陣奏樂，孟姜女的表兄田豹上。

僕人甲　表少爺！你沒有去家祠觀禮？

田　豹　（不予理會）
他們隱瞞我，當我是路人！
這一間喜氣洋洋的大廳，
在我眼中，只像座空洞的墳墓。
一個人有時失掉一根針，
也會覺得天地異常地黯淡，
何況失去一個日夜戀念的人！
僕人甲　表少爺，請喝一杯甜茶。
田　豹　我那往常靈巧的舌頭，
現在已失卻了知覺。
猶如嚐到了滾湯和沸水，
將神經一起麻木。
唉！我已聽到它嘆息的聲調，

像發自繃斷的琴弦。
這自天而降致命的一擊，
卻出諸一個從未見過的人。
（田豹的家人——僕人乙倉皇上）

僕人乙 少爺！我發掘到寶貝，到處找你，
你卻將自己藏在這裡。
（田豹拉僕人乙至一隅）

田　豹 你切勿流水滔滔般講話，
只要像閃電那麼一下。

僕人乙 是的，是的，是的，是的，
他家就住在姑蘇城裡。

田　豹 這我已經知道，
現在，我急欲知道——

那個，我尚未確切知道。

僕人乙 那個，那個，好，好，
我聽我一個朋友的兒子的
一個朋友，他的父親
在衙門裡，說什麼——
假如是他的話，只要有人告，
一定來抓到。

田　豹 你挖掘半天還是一塊破瓦。

僕人乙 對了！一塊，一塊，
他們說他頸下有紅痣一塊。

（門口一片熱鬧，由遠而近，音樂大作）

田　豹 他們祭祖已完畢，
讓我仔細來認一認。

我這一雙銳利的鷹眼，
將決定今後的命運！
（男女老少賀者和孟父孟母等魚貫而進）

司儀 稟告各位貴人、長輩，
新郎新娘正略事休息。
請各位在此稍候片刻，
未見過面的另行補禮。

孟父 此次小女匆匆招贅，
實不敢驚動各位。
又蒙各位寵錫有加，
真是又感又愧。

司儀 奏樂起舞，以娛嘉賓。

田豹 （旁白）最好的歌舞也不能使我分心，

我的注意力已磨得像根針。

（樂女及舞生十餘人上，開始舞蹈。片刻後——）

田　豹　讓我向新人的雙親道賀一番，

表示我落選得磊落光明。

（向孟父孟母）

舅父，舅母，恭喜恭喜！

孟　父　你何時來到這裡？

孟　母　因為婚期迫促，

未及前來報喜。

田　豹　母親本要同來，

因著了涼，

到現在還是起不來。

孟　母　（旁白）許是心病發作。

田豹　（旁白）就是這老太婆厲害！

司儀　新人登堂，補禮開始。

（舞停，孟姜女、萬喜良、乳媪以及伴娘婢女等上）

司儀　叔祖母就位。

拜，拜，拜，起。

叔祖母　長命富貴，白首偕老。

司儀　叔祖母退。

三姨父母就位，

拜，拜，拜，起！

姨父母　子孫滿堂，福祿壽考。

司儀　三姨父母退。

田家少爺代表姑奶奶就位，

拜，拜，拜，平起。

新人再向表少爺行相見禮，

拜，拜，拜，退。

田　豹　（旁白）就是他，就是他了！

司　儀　現在，請堂姪女跳吉羊舞。

（眾鼓掌圍觀。一對少女開始跳舞。田豹召僕人乙至一隅，耳語片刻，僕人乙匆匆下。片刻後舞停，眾又鼓掌叫好）

司　儀　婚筵開始，奏「鳳求凰」。

（酒醰抬出，僕人忙於倒酒，賀客或坐飲，或圍住一對新人）

男賓甲　你是姑蘇萬家，

不知是那族，那房？

乳　媼　何必多問，

還想親上加親？

（眾笑）

男賓乙 你有什麼本領，

使我表妹一見鍾情？

（眾笑）

女賓甲 （指指田豹）

你們說話要小心，

不要射傷了別人！

男賓丙 他有爬牆的本領。

乳　媪 當心你的嘴，

裂你時不要喊救命！

（眾鬨笑。正在熱鬧時，忽然人聲鼎沸，僕人甲慌忙上）

僕人甲 報告老爺，軍隊要來抓人！

（眾大驚。一校尉已率數名士兵上。女眷爭避。乳媪扶孟姜女入室內後，復外出）

孟　父 老夫是當朝告老的京官，

你們豈能隨意進來亂抓，
真是目無皇法！

校尉　是！孟中郎！
但這是皇帝欽定的律法，
要徵集姓萬的壯丁——
誰也不敢庇隱。

孟母　這裡沒有姓萬的客人，
你不妨仔細認一認。

校尉　姓萬的只有一個，
就是你府上的新郎君！
（對萬喜良）走罷！
你能忍心與家人不告而別，
當也有勇氣揮別你的新人。

（萬木然，眾竊竊私語。孟父癱坐，孟母入內）

校尉　莫怪我沒有禮貌，
當著這許多嘉賓。

田豹　（假惺惺對萬）不妨跟他們走一趟，
舅父自有辦法，請放心。

校尉　請放心？
我們連這老頭一起請。

萬喜良　不！請勿踐壞孟府一點點，
這是姓萬的事，由姓萬的來當。

乳媼　（跪地）求求你們！
大家都是吃奶才長大，
請不要這樣凶狠！
今天正是黃道吉日，

天大的事過三朝再論。

（眾露同情之色，婢女等飲泣）

校　尉　我也是奉命而來，

讓婚筵變成歡送的酒席！

這是一樁神聖的使命，

你們都應該向他道喜。

好了，快去報到！

（士兵押萬喜良走）

乳　媼　且慢，讓他倆再見一次面，

小姐已經出來。

（孟母扶孟姜女出）

孟姜女　天上的神啊！

你竟這樣地殘忍。

新婚的床褥尚未溫暖，
新娘將貶作寡婦；
龍鳳的花燭尚未燃盡，
袂別的淚眼巳枯！
合巹的甜酒還未舉起，
已飽嚐分離之苦。
天上的神啊！
這是種什麼命運？

萬喜良

這真是一陣煙，一闋夢，
當你回首時，已了然無痕。
幾天來拾得的歡樂，
已足夠享用一生。
唉！我將是一個空虛的丈夫，

不能給妻子些些安慰，
卻驟然地增加她的苦楚。

校　尉　走罷！時辰已經不早。

孟姜女　（遞一手絹）
這一塊手絹送給你，
見它如見我的面。

萬喜良　（解一塊玉）
請你佩藏在懷裡，
似我常在你身邊。

孟姜女　別矣，郎君！
何日再見你笑容？

萬喜良　別矣，夫人！
何時聽到你琴聲？

（萬喜良一步三顧，孟姜女依依不捨。眾人起立相送。田豹及僕人則佯裝安慰孟父）

眾　人　別矣，別矣！
這是人間最淒慘的兩個字，
它們用淚水寫成。
別矣，別矣！
這是誰也無可奈何的事，
它們用嘆息配音。
別矣，別矣！
（孟姜女昏厥。幕落，第一場完。）

第二場：孟姜女閨房。

四個月後的一個早晨，孟姜女素妝淡服，窗外楓紅草黃，一片秋景。幕啟時，她在彈琴低吟——

孟姜女　從那個不祥的晚上算起，
月亮已圓過四次：
一年一度會面的牛郎織女，
現在正保持著新的回憶。
這一百二十七個白晝和黑夜，
未曾帶給我一絲安慰的訊息；
只有秋風耳語著北窗與枯葉，

瑟瑟地覺得格外孤單和淒其。
唉！我的琴聲已不能再借
南風的翅膀，傳到他的耳裡。
（撫琴黯然而廢，仰望窗外）
昨夜，一個夢做得離奇，
見一隻孤鳥瑟縮於北枝；
祇是對我啁啾地哀叫，
在寒風里不動也不飛。
莫非這是他的化身托夢，
但不解他的真意！
（孟伏案飲泣，乳媼上）
乳媼 過份的悲哀會失去它的意義，
適度的節制才顯得有恆心。

我們有一個健康的身體，
才能時常眷念失去的愛人。
自從二十年前守寡時起，
我始終抱著這樣的心情。
何況，你們倆後會有期，
更不該將自己糟蹋毀損！

孟姜女 生離比死別更為難受，
它是精神上脫不掉的重負，
完全的絕望，反而使我們
獲得無可奈何的解放。

乳　媪 有時一個快活的外表，
更能蘊藏一顆沉痛的心。
陰沉沉的天氣徒使人厭倦，

晴空才飄有令人眷思的白雲。
可是——突然的痛苦
常使人心智喪失，
何況是一個幼嫩的心靈。
（乳媪見規勸無效，另換話題）
你看，這是我家送來的寒衣，
比去年的針線更細。
也虧得我的侄媳婦，
未將孤零零的孀娘忘記。
（審視片刻，頓有所悟）
寒衣！寒衣！
這就是他托夢的本意。
我要去送給他，去找他，

孟姜女

不管是海角還是天涯。

乳　媼　小姐，你說的是什麼夢話。

孟姜女　我要去找他！

乳　媼　不要去癡想罷！

孟姜女　我要去送寒衣！

乳　媼　千里迢迢，北風如刀，
妳往何處去找？

孟姜女　我雖然是個女兒身，
意志比男人還要堅定；
它一旦在我心中燃起，
再也不會無端端地熄滅。

乳　媼　請你不要再任性，
一切要聽任命運。

孟姜女　不管命運不命運，
命運應由自己決定！
（孟父母及婢女等上）
孟　父　清早就在哭哭鬧鬧，
你快去好好地安慰、勸導。
孟　母　誰能撫慰一個傷心的妻子，
除非用丈夫的手指。
（孟母撫慰其女）
孟姜女　娘！我要，我要——
孟　母　你要什麼？
（乳媼及孟姜女同時——）
乳　媼　她要裁新衣！
孟姜女　我要送寒衣！

孟姜女 不！我要為他送寒衣！

孟　母 不要再孩子氣。

孟　父 你足跡未出過家門
怎能遠行幾萬里？

孟姜女 女兒不能與他共衾，
死也要和他在一起。

孟　父 不要太使性，
你應該冷靜冷靜。
在激動時所下的主意，
往往會使你後悔不已。
（孟父向孟母耳語後下）

孟　母 你父親非常生氣，
你應該要有孝心。

孟姜女　嗯。

孟　母　為了這件事他日夜煩神，
千方百計托了許多同僚，
但至今都回說一無音訊。

孟姜女　所以，我要親自去找尋！

乳　媼　我看還是等一等
說不定開春會有好消息。
那時，風和日暖好風景，
一路尋找，一路可以踏青。

孟姜女　等一等，等一等，
不是要凍死別人！

孟　母　哎！你若是孝順，
我們的話你要聽。

（孟姜女不回應）

你父親年紀已老，
急於要將孫兒抱。

乳媼 我以十六歲生育的經驗
來推測，你將來生的——
一定是白白嫩嫩。

孟母 不孝有三，無後為大，
你父親盼你細細思考。

孟姜女 不要再想了！
路只有一條。

孟母 你何必近路不走走遠路
俗語說：「遠親不如近鄰」，
那個姓萬的來時路不正

去也無影，勸你死了這顆心！

孟姜女　（哭）親生父母說這種話，

怎不叫女兒傷心！

乳　媼　（旁白）準是糊塗透了心，

孟　母　你父親也是為你好，

豈忍一個童貞的女兒

活活地守寡到老。

你表兄現已答應入贅，

這是孟家最好的機會。

孟姜女　原來你們已設好了圈套。

（孟姜女憤極，取剪刀擬自裁，為乳媼搶住）

乳　媼　啊，小姐，你不能這樣！

別人會說：從我身上

得到了一種壞的教養。
（向孟母）
這件婚事，我曾經撮合牽攏，
現在，也讓我用腳來補償。
我自己沒有親生的骨肉，
由我陪這個女兒走一趟。
（燈漸暗，幕徐落，第二幕完。）

第三幕

太原高地松林中。

大路交叉處，有一涼亭，遠處可望見北方初冬的景況。時近向晚，

開幕時孟姜女，乳媼及老僕人上。

乳媼　太陽終年地上坡下坡，

也有它休息的日子；

松柏雖有一副好筋骨，

時常也落下它的青絲。

我們離家這兩個多月，
未嘗好好地息過一天，
真像艱苦地度過六十年。
現在熱心已被寒風吹冷，
長城還渺不可見。
雖然倦鳥已開始歸林，
我還想在這裡歇一歇。
（乳媼坐進涼亭，孟姜女則作遠眺狀）

孟姜女 來路茫茫，去處也茫茫，
這是一個無動於衷的天地。
我那顆火紅熾熱的心，
因過度燃燒，將如夕陽之墜地；
到黑夜來時，我心谷中的

毒蛇、豺狼、以及蒼鷹
將分食我的意志和決心。
願上蒼賜給我不拔的堅貞——
如松葉的長青。

乳媼

聽說痛苦可以使人聰明，
恐怕不是我這種年齡。
我的腰已在提出警告，
我的腳也在無聲地呻吟。
而頭腦更是昏昏沉沉，
並不比我快樂時來得靈敏。

孟姜女

雖然我感到同樣的苦楚，
但肉體已被精神所容包。
正如大地上覆蓋著白雪，

嚴寒被銀妝籠罩。

乳　媼　自我走出娘胎以來，
從未吃過這樣的苦。
趁大風雪還未降下，
新年還是回家去過。

孟姜女　我實在也於心不忍，
將你苦苦地拖連在內，
可是，我們已熬到這裡，
豈能功虧一簣？

（孟姜女飲泣）

乳　媼　一個人在疲憊的時候，
常常會怨天尤人；
往日的耐心已經枯萎，

更無心將別人安慰。

孟姜女　（撫弄白玉）

想到與他見面日近，

這就是我唯一的安慰。

乳　媼　唉！當妳在我懷中的時候，

妳的小腳是多麼玲瓏；

想不到現在要受這麼多折磨，

也顧不到紅腫和疼痛。

（乳媼掩面流淚）

孟姜女　快樂的人流起淚來，

顯得特別地傷悲。

那隻同情的眼睛，

看起來也非凡地高貴。

我自己已飽含淚水，
如何用笑容來面對。
老僕人 金星已自天邊亮起，
夕陽不久要沒入山凹，
疲倦、傷心都須用
休息、睡眠來治療。
（三人正要起身時，一批年老的樵夫帶著工具及數個小孩上）
孩童甲 日落西山胭脂紅，
眾樵夫 日落西山胭脂紅，
孩童乙 明朝無雪便有風，
眾樵夫 明朝無雪便有風，
樵夫甲 無奈精壯徭役去，
眾樵夫 無奈精壯徭役去，

孩童甲　只剩婦孺與龍鍾！

眾樵夫　只剩婦孺與龍鍾！

老僕人　請教老丈；

何處是最近的村莊？

樵夫甲　在這邊山下，

就是我們這幾家。

乳　媼　今天已不早，

可否借宿一晚？

孩童甲　歡迎歡迎，

你們是外鄉人？

孟姜女　我們是松江人。

孩童乙　（向樵夫甲）

爺爺，松江在那裡？

樵夫甲　松江在南方
遠在幾千里。
孩童甲　（向樵夫乙）
伯伯，你不是說：
有錢人都逃往南方，
他們為什麼來這裡？
樵夫乙　小孩不要問東問西！
乳　媪　我們路經貴地，
只是來尋一個人。
樵夫甲　是不是在附近，
我們幫你尋一尋。
孟姜女　（旁白）他，還不會這麼近。
可是嚴冬已經要來臨；

我怎能飛越重重的關山，
怎能勒住這時令的繮繩？

孩童乙　準是這阿姨的什麼人，
看她獨自在傷心！

孩童甲　（向孟姜女）
是她的爹也說不定。

孩童乙　呸！你的娘守了活寡
你也不見得如此傷心。
（小孩廝打，樵夫們拉開，孟姜女更為傷心）

樵夫乙　每天吵吵鬧鬧不肯停，
大人的事不要過問。

樵夫甲　唉！也全虧他們，
娛樂我們淒涼的晚景。

乳　媼　看來我們都是可憐人。

樵夫乙　（指孩童甲）

他的爹在五年前，
抓去驪山築陵墓，
到現在一無消息。
真苦了我的弟婦。

樵夫甲　（指孩童乙）

他的娘早已去世，
爹捉去後又不明生死。
一說在渭水造皇宮，
一說在渤海建長城，
只剩下祖孫相依為命。

乳　媼　我們小姐也同樣命運；

天下到處都是傷心人。

眾樵夫　築墓、造宮、建長城，
勞役天下為了誰人？

眾孩童　骨肉拆散無音訊，

樵夫甲、乙　田園荒蕪無人耕。

眾樵夫　邊地健壯折磨死，

乳媼及孟　閨中少婦猶不知。

樵夫甲、乙　啊！老者朝朝望子歸，

孩童甲、乙　孺童問爹幾時回？

乳媼及孟　人間慘事莫過此，

眾樵夫　要待河清到幾時？

眾　人　人間慘事莫過此，
要待河清到幾時？

（遠處號角漸近，一隊兵押著一群襤褸的民伕自相反方向上。樵夫及孟等躲入樹林及石後）

軍　隊　塞上雁飛高，
邊秋滿白茅，
長城連萬里，
永把江山保。

隊　長　停！我們已來到山頂，
且休息一陣。
（士兵及民伕坐下休息，樵夫及孟等探首窺望）

孩童乙　（向樵夫甲）
爺爺，你看一看清，
有沒有我的父親？

樵夫甲　我盼望的老眼早已昏沉，

像這時、日落後的光景。

乳　媼　他若是落魄到此情此景，
當面遇到怕也認不清。

孟姜女　現在我還沒有發現，
頸下那塊特殊的胎記。
但他們那失神的眼睛，
卻像針、刺入我的心。

樵夫乙　這個俯首的側影，
像我弟婦的親人。

孩童甲　爹啊！苦命的爹啊！
（孩童甲衝出）

隊　長　拉住他！
這裡面有人！

（孩童甲用小拳在抵抗；被誤為父親的民伕，初則驚愕，繼則垂首。士兵在林內趕出眾人）

士兵甲 老叟、孩童、及女人
都想來狙擊我們。
他們手中握著凶器
心裡也滿懷鬼計。

樵夫乙 方才是認錯了人，
我們都是附近的農民。

隊　副 你們竟敢祕藏鐵器，
故違皇帝的禁令；
不管有沒有不法的企圖，
早構成拘捕的罪名。
（士兵要抓眾人，眾跪地求饒。孟及乳媼等則縮在一隅）

孩童乙 我們早已是可憐的羔羊，

怎敢來冒犯虎威。

樵夫甲 這些是遲鈍的砍柴用具，

比不上矛槍的尖銳。

樵夫乙 （向隊長）

請大人格外開恩，

饒了這一群老小，

我們的骨肉多數已應徵

築城、或建造墓道。

隊　長 本要判你們應得的罪名，

不多不少按照軍法規定。

姑念你們是征人的家屬，

繳出鐵器後從輕發落。

（眾人淒然繳出工具後即走，乳媼及孟等隨行）

隊副 最後三人且慢走開，
看你們的打扮，
不像他們一般。

孩童甲 伯伯，我們也等一等，
不要像受驚的猴兒般
慌亂得抱頭竄奔！

隊副 （抽刀恐嚇）
你再不滾，就要你的命！

孩童甲 好，好，
（對孟姜女等）
我們會等著你們。（樵夫及小孩下）

乳媼 我家也有人被徵，
請你不要留難我們。

隊　副　跟我們一起下山去，
讓你慢慢地說明。
孟姜女　（旁白）唉！長城還未窺見，
又遇到了一個關口；
這種想不到的節外生枝，
將使期望中的花開延遲。
隊　長　（旁白）這美妙的口音，
鉤起我思鄉之情。
那哀怨的眼神，
也使我想起了閨中人。
隊　副　雄糾糾的外貌，
不應有軟弱的兒女之情。
一個出生入死的丈夫，

豈可有婦人之仁？

隊長　讓你效忠於虛無的外表，
我寧持真實的感情。
你慣在戰場上棄甲而逃，
對婦女則衝鋒陷陣。

乳媼　白晝的花朵早已經開落，
正結出了黑色之果。
你們這一場唇槍舌戰，
殺得旁人也雷鳴腹鼓！

隊長　你們背井離鄉，
究為了那一樁不幸？

孟姜女　為夫君送寒衣，
長城尚不見一寸。

隊副　這個丈夫真夠幸運！
隊長　像你這樣的，
做妻子的唯恐靠你太近。
（向孟姜女）
也許我知道他的下落，
請你說出他的姓名。
孟姜女　萬喜良，姑蘇人。
一民伕　啊！就是他？
隊副　不許出聲！
隊長　他就是你日夜縈思的人？
乳媼　現在何處受罪？
眾民伕　在雁門！
隊副　誰讓你們多嘴（揚鞭而打）

隊　長　帶他們先下去吧！

（隊副帶士兵及民伕下，眾民伕頻頻回顧）

乳　媼　（向孟）他們的神情頗蹊蹺，

似乎有難言之隱。

孟姜女　求求你立即告我以真情，

一、兩個字巳足夠，

不要用詩人晦澀的字句，

最好如軍人的口令。

隊　長　在許多不幸的事件內，

你們的最引人落淚；

看來，我被妳的真情感動，

隱瞞妳將受到良心的責備。

乳　媼　你說話拖泥帶水的語調，

真配不上你的外貌。

隊　長　唉！他身體弱，氣力小，
性格倔強，又愛發牢騷。
不時挨鞭打或禁閉，
常常折磨得病倒。

孟姜女　天啊！為何這般殘忍？
將一連串的痛苦加諸一身，
但願你說的不是他，是別人。
想到我們六十多天來的苦楚，
尚不及他片刻的折磨，
我恨不能立即插翅去替身。

隊　長　（給孟姜女一片竹簡）
從此地去雁門要五、六天路程，

妳有了這個可以順利通行。

孟姜女　謝謝你，善良的將軍！

我們將永遠感激你。

老僕人　看來明天的腳力更要加緊。

乳　媼　顧不了起泡或抽筋！

（眾人下，第三幕幕落）

第四幕

第一場：雁門西關

長城正依地勢起伏連接築砌中，遠景顯示長城的蒼偉景象。幕啟時，一批襤褸及疲憊的民伕正在作工，魁梧的監工正指揮著，不時舞動或打下皮鞭，民伕唱著低沉的歌，遠處傳來胡茄聲聲。

眾　嗨，嗨，吭——唷——嗨！
嗨，嗨，吭——唷——嗨！
連連數千里，
長城何巍巍！

萬喜良　嗨，嗨，吭——唷——嗨！
眾民伕　嗨，嗨，吭——唷——嗨！
萬喜良　大風起北漠，
眾民伕　大風起北漠，
萬喜良　鴻雁已南歸。
眾民伕　鴻雁已南歸。
萬喜良　嗨，嗨，吭——唷——嗨！
眾民伕　嗨，嗨，吭——唷——晦！

萬喜良　各在天一隅，
眾民伕　各在天一隅，
萬喜良　今生幾時回？
眾民伕　今生幾時回？
眾　嗨，嗨，吭——唷——嗨！
嗨，嗨，吭——唷——嗨！
萬喜良　問天天不語，
唯聞胡茄吹！
眾民伕　問天天不語，
唯聞胡茄吹！
（總監工上。）
總監工　停！停！快停！
（歌聲及工作停止。）

我最討厭這種歌聲，
多麼死氣沉沉！

監工甲 鞭打的聲音縱使再高，
也無法鎮壓得到。
他們生來是牛馬的筋骨，
喜歡在鞭子下吼叫。

監工乙 我們規定的詞句雖妙，
他們唱唱就變了音；
好像烏鴉披著黃鶯的羽毛，
一開口就露出了本性。

總監工 這裡一大半都是讀書人，
應該先要設法說服他們。

（總監工站在一高地，向眾民伕）

你們要認清自己的使命，
若不是皇帝特選的臣民，
誰能參與這萬世不朽的工程？
當一塊塊巨磚輕輕砌上，
社稷的基礎即在你們手底奠定！
這是千載難逢的一個機會，
你們的鄉里及家人會感到榮幸；
你們的子孫將享到安居樂業，
世世代代紀念你們的辛勤。
可恨的是少數人為了自私，
竟煽動你們原來善良的天性。
像蛇一樣，毒素只藏在
小小的牙內，卻並不在本身！

監工甲　對！只要將這毒牙拔出，（指萬）
一切都為之耳目一新。

萬喜良　鮮艷的舌頭後面飽含毒液，
堂皇的宏論常遮蓋卑鄙的動機。
我們背井離鄉，拋妻別子，
豈是出於自己的心意？
在此，又遭受非人的虐待：
動輒挨鞭打，起居如牛馬，
饑者無所食，病者無所醫，
我們力竭而斃，你們視若無覩，
你們輕裘緩帶，我們衣不蔽體！

總監督　你們不要聽他胡說！
再忍耐幾天，定可獲得改善。

你們只要努力工作，
三五年後可以衣錦還鄉。
到那時皇帝會有種種特賞，
說不定還有官職和俸餉。

萬喜良　一個陷入泥沼的人，
沒有時間來諦聽空論！
也不會夢想什麼遠景！
我們只需要過太平的日子，
誰還會有什麼野心！
請還妻子以丈夫，
請還稚子以父親，
請還父母以愛子，
還我們的自由身！

弟兄們！
我們的雙肩愈低垂，
他們的鞭子愈高揚，
男兒寧當壯烈死，
何能終生作牛羊？

眾民伕 我們的雙肩愈低垂，
他們的鞭子愈高揚，
男兒寧當壯烈死，
何能終生作牛羊？
（民伕高舉工具，立被士兵壓制。萬被執。）

監工甲 這種人不能給他講理，
最好將他的鳥嘴永遠閉起！（舉鞭）

總監工 他原來已經有病，

重重幾下就會送命。
不要讓他死的痛快，
要讓他活得怨命！
（向監工甲耳語一番，士兵，萬，監工甲同下。）

總監工 我們素來不枉也不縱，
雖然你們曾一時衝動。
現在盼你們將功贖罪，
更加要努力一倍。
（眾人無奈繼續工作，僅吭——唷——嗨而不唱詞。片刻後，萬喜良被拖上，顯然腿部已上過刑。）

總監工 原來的工作實在太輕鬆，
使你有餘力去煽動。
現在不得不將它加重！

（令萬喜良歸入監工甲一隊，去搬城磚。）

監工甲 去！不要在這裡裝死！（鞭打）

監工乙 你再打，他會立刻死在這裡。

（萬喜良無奈前往搬磚，但前行數步即行撲倒。監工甲再打，起後又倒，只吐鮮血。）

監工乙 好了，好了

讓他回去休息！

（民伕甲乙扶住他，萬已逞不支狀。）

萬喜良 我彷彿已望見另一個天地，

那裡可獲得真正的安息。

像厭倦於飄泊的人，

急於盼見自己的家門。

現在，我的心異常安詳，

像暴雨沖洗過的天空一樣。
一切的痛苦，一切甜密
已經隨風而遠颺。
（忽然取出身邊的一塊手絹。）
不！我還虧欠了一個人。
使我到此刻尚不能安心。
一個人最後會變成慷慨的債主，
將一切的借據焚毀。
但只要虧欠過別人一文，
就耿耿地目不能瞑。
唉！造化為何要捉弄人？
既然設定悲慘的結局，
何必插入了歡樂之曲？

（一陣劇咳後，給民伕甲手絹）

有朝一日拿去還給她；
只說萬喜良已經變了心，
好讓她憤而再嫁。
啊！我的耳朵剎那間變得靈敏，
忽然聽到熟悉的琴聲；
我的雙足像在御風而馳，
這片刻我離她多麼地近！

（連續劇咳，喘氣，咯鮮血。）

弟兄們！再會吧，再會！
你們不要為我流淚。
每一朵鮮紅的花終於要落地，
而明朝的太陽仍會昇起！（死）

總監工　將他埋入城牆底，
趁他的熱血還未冷；
這般死硬的個性，
最宜作為長城的祭品。（下）
（萬屍被抬至台中央尚未完成城牆旁。）
眾民伕　不要怪我們的心太狠，
為自己的弟兄挖新墳；
又加上城磚一層層。
經年的悲衷已麻木了同情，
本身貧窮的無法施捨別人。
民伕甲　我聽厭了這些老調，
大家邊哼邊向墳墓跑。
鞭子只能使我們肉體痛苦，

嚴冬只會使樹葉枯凋！

監工甲　（揚鞭）死一個人豈值得吵鬧，
我們不能將神聖的工作停掉！
（眾民伕恢復工作；幕落，第一場完。）

第二場：景同第一場

但城牆已較第一場多築起一部份，開幕時孟姜女等來到城門外。

孟姜女　請問，這邊有無姓萬的工人？

士兵甲　這邊一大半都是萬姓。

孟姜女　我要打聽一個人，

他叫萬喜良，是姑蘇人。

士兵甲　他們的姓名我記不清，

妳是他的什麼人？

乳　媼　我們來自他的家裡，

不辭跋涉送寒衣。

好吧！你把它留下，
待查明了交給他。

孟姜女 你假如沒有功夫，
讓我們進去尋一尋。

士兵乙 不行，不行，
女人不可踏進工地，
這是上面的規定。

孟姜女 麻煩你們現在去查一查，
我們想和他見見面。

士兵甲 不行，不行，
工作時不能會面，
除非是特准。

乳　媼 我們不遠千里而來，

難道不能換得片刻的交談。

士兵甲 規定就是規定，

誰有空和你們女人家爭論！

孟姜女 這是隊長給我的通行證。

士兵乙 只能適用普通的關卡，

此地可不行！還是回去吧！

孟姜女、乳媼 求求你們格外開恩！

監工甲 誰在這里哭哭鬧鬧，

女人的聲調特別刺人。

士兵甲 這些是來送寒衣的人，

其中一個要找她的男人。

監工甲 （旁白）這個長得多麼俏麗，

與我的黃臉婆相比，

（對孟）拿你的寒衣進來，
你要會什麼人？
（孟姜女攜寒衣進，乳媼及老僕人等仍阻在外。）

孟姜女 謝謝你，好心的大人，
萬喜良是我的夫名。

監工甲 啊——噢——真不巧，
他前幾天剛離開這裡。

孟姜女 那末，他現在在那一邊？
我們從松江趕來，
急於要和他見面。

監工甲 這是機密！

孟姜女 承你以往照應我郎君，
區區此數盼你勿嫌棄。

監工甲　（孟自懷中掏出一部份細軟遞給監工甲。）
（旁白）拿了她的再想緩兵之計。
（對孟）聽說江南的女子善於歌舞，
能不能先讓我們飽飽眼福。
然後我再告訴妳。

孟姜女　（旁白）好吧！只要知道他在那裡，
要我在地上爬，我也願意。
（孟姜女開始唱歌跳舞，士兵及監工乙等漸漸聚攏。）

孟姜女　春季裡來百花開，
孟姜女何事哭哀哀？
人家雙雙如花蝶，
奴家隻影更孤單！
夏季裡來綠陰陰，

孟姜女何事淚盈盈？
人家小扇拍螢火，
奴家怕見牛郎星！
秋季一到涼如水，
孟姜女從此不展眉。
天上空有團圓月，
奴家良人幾時歸？
冬季到來雪花飛，
孟姜女萬里送寒衣；
見郎千句併一句：
此生永不再分離！
（眾鼓掌，監工甲乘機溜下，民伕漸漸聚集）

監工乙　何等輕盈的舞姿，

多麼動人的歌詞！

孟姜女　你們只見我輕快的步子，
不見我沉重的心。
你們只聽到響亮的歌詞，
不聽到飲泣的聲音。

監工乙　你是來這裡賣唱，
還是要找什麼人？

孟姜女　我給夫君萬喜良送寒衣……

監工乙　妳將變成一個抱憾終身的妻子，
或是一個耐不住貞節的婦人！
或者，受不住刺激而發瘋，
當你聽到了他的不幸。

孟姜女　啊！我知道他已離開這裡。

監工乙　對了！一去永不回！

孟姜女　我已走了近萬里，

天涯海角也可追。

監工乙　我實實在在地告訴妳：

盼妳死了這條心。

他遠在天邊，近在眼前，

妳腳下就是他的新墳！（指萬埋葬之處）

孟姜女　我不信！我不信！

剛才那位要告訴我確訊。

（孟姜女去見監工甲。被阻止。）

監工乙　（搖頭）免不了一場大悲痛，

我不忍目覩這種慘景！（下）

孟姜女　啊！天啊！

請你處罰一個遲來的妻子，
一個在丈夫墳上跳舞的婦人！
（痛哭片刻後）
不！我應忍住這悲悼的淚水，
聽聽他離開時的情形。
（向眾民伕）
請你們告訴我，他的遭遇，
有什麼遺言要留給我聽。
（眾人不語）
看你們都是敢怒不敢言，
我已猜到了這悲慘的謎底。

民伕甲　這塊手絹囑我還給妳。

孟姜女　（雙手展帕）

物歸原主本應該高興，
現在卻變為一種不幸。
像一個辱命的使者，
只嚇得臉色發青！
（大哭，乳媼等想進來，仍為士兵所阻。）

孟姜女　（瘋瘋癲癲）哈哈哈！
命運之杯，我已飽嚐，
那是苦多於甜。
為了一絲歡樂的陽光，
我曾忍受著陰雨連綿。
可是，現在一切已經絕望，
這塵世已無所留戀！
唉！生和死，死和生，

只像兩間屋子的毗連；
可是走了過去的人，
再也不能回身！
（總監工及監工甲上。）

總監工 趕走她！趕走她！

監工甲 （對民伕）誰准你們將工作放下！
（士兵驅民伕，並來拉孟）

孟姜女 放開你們血腥的手，
不要來褻瀆我的神聖；
我生時不能與他一起，
死也要和他同塋！
來吧！你不能拆散我們的靈魂！
（孟姜女撞城腳。）

喜良啊！喜良！（死）

總監工 叫他們來搬出去，
埋在這裡不吉利！

（士兵傳乳媼及老僕人上。）

乳　媼 哀傷已把我的淚水用完，
這真是古來第一件悲慘！
她萬里尋夫堅貞不拔，
請你們依了她的夙願。

總監工 這裡是莊嚴的工地，
不是兒女殉情的場所。
像這種無理的要求，
有規定，我不能這樣做。

乳　媼 規定！規定！

國法也不外人情！
她父親孟中郎，
現在雖已告老回鄉。
假如知道了真情，
他會同你們算賬！

總監工 人已經死了！
同葬，她已不知道。
祭一祭倒是可以，
我準你破一次例。
（對監工甲）
你在這裡照顧一下，
我還有些事要料理。（下）

監工甲 （旁白）怕將紗帽丟，

他有意開溜。
這事我也不管，
因為良心不安。（下）

乳媼（對民伕）

諸位，你們目睹此種慘狀，
竟能夠無動於中？
誰無妻子兒女及堂上，
忍心讓他們空盼而終？
我是一個不識詩書的老媼，
已感到忍無可忍！
你們這批讀書明理的男人，
相信這是無可挽回的命運？
我可憐也同情你們的處境，

鞭子下誰都要忍氣吞聲。
可是這樣下去，霸道的還是霸道，
而你們只能一批批地犧牲！
（士兵前來驅開民伕，為乳媼所阻。）

乳　媼　不要驅開他們，
誰都有同情心！
我相信你們也有天良，
眼淚流下時，誰也不能抵擋。（士兵退）

民伕甲　我們枉為喜良的兄弟，
也枉為讀書人；
身受此種非人的苦痛，
竟從來也不敢出聲。
弟兄們！

不管槍怎樣銳利，
不要向霸道稱臣！

眾民伕 不管槍怎樣銳利，
永不向霸道稱臣！

民伕甲 來！第一件事，
我們要完成孟姜女的遺志，
將他們合葬在一起。

（眾民伕用工具合力拆城腳。）

民伕甲 嗨，嗨，吭唷嗨！

眾 嗨，嗨，吭唷嗨！

民伕甲 嗨，嗨，吭唷嗨！

眾 嗨，嗨，吭唷嗨！

民伕甲 連連數千里，

基礎何其脆。

眾民伕 連連數千里，
基礎何其脆。

民伕甲 刀槍豈足懼，
仁政最可貴。

眾民伕 刀槍豈足懼，
仁政最可貴。

乳　媼 死者已逝矣，
生者毋太悲。

眾民伕 死者已逝矣，
生者毋太悲。

乳　媼 但須謹記取，
來日猶可追。

眾民伕　但須謹記取，

來日猶可追。

眾　嗨，嗨，吭唷嗨！

嗨，嗨，吭唷嗨！

（轟然一聲，長城塌落一角，幕疾落時，尤聞歌聲不絕。）

（全劇終）

一九五七年十二月卅一日

後記

一九五一年（民國四十年）我受音樂界朋友之託，寫了一本詩劇《比翼潭》，內容是寫原住民為爭潭水作酒，變成世仇，後因雙方子女戀愛而和平相處。梁實秋先生看過後，頗多鼓勵；送審時，因不符那個時代戰鬥文藝的需要，未被批准。這本詩劇，雖然油印了數十本，現已散失無存，也從未配樂，頗為可惜。

不久，這些音樂界的朋友，因為組成了一個「中國實驗歌劇團」，請我義務地再寫一本，作為配樂及演出之用，並勸我寫一本和時代有關的。我就選了孟姜女這個家喻戶曉的題材。那時，我剛進入一個中美合作的農業機關，戰戰兢兢，工作又忙，而且當時參考書類及資訊不像目前這樣易找。只好憑幼時在江南聽到的故事，加上一己的想像，開始寫作。斷斷續續，在出差全台灣山地林區時，行篋以隨。常常白天爬山勘查，晚上在簡陋住處，寫到深夜。終於在一九五七年（民國四十六年）年底寫完這四幕七場的《孟姜女》劇本。

那時台灣的客觀條件，不易演出歌劇。要配樂譜，需費年月；佈置演出，所費極大。這批朋友，熱心有餘，財力有限。因此，整個配曲及演出也就冷擱了下來。我自己因為本身工作繁忙，繼又出國深造，以及應聘聯合國等等，漸漸將此事擱諸腦後。直到八〇年代，偶在報上讀到李永剛教授為此劇譜的樂曲，獲教育部的文藝（音樂）獎時，才想起這本詩劇。但身在異國，那裡去找呢？後來總算有機會回國，找到一本打字的複印本，又去李教授家取得一冊曲譜予以保存。後來，聽說該劇曾經由沈愫之及沈大勝等名歌唱家局部演唱過，甚感欣慰。但這本複印的劇本中，錯字很多，曲譜中也有刪遺之處，我自己既無原稿，又乏時間去整理，多少年來，覺得很是無奈。

直到二〇〇三年至二〇〇六年間，我退休在美，才有空將之重新潤飾一遍，但因已經譜了樂曲，不能大事改動，只好將錯漏不妥之處，略作調整。嗣借淡江大學的《藍星詩學》分幕分場刊出了三幕，後因該刊停止出版，而未能刊出全劇。現在，我將第四幕一起加入，予以出版，以呈全豹於讀者之前。

在此，我有兩點說明。第一，我寫《孟姜女》的當時，並不想討好政治上的需求，趨附時尚，而著重在人性的描述。現在看來，這一點堅持，是做對了。第二，作為歌劇的腳本，雖用新詩體裁來寫，但要言辭簡顯，雅俗共賞，不能刻意雕鑿，隱晦難懂。這一點是否已經做到，要請讀者或觀眾去評判。至於人物是否可靠？故事是否真實？甚難考証。反正，這只是個民間傳說，但求劇情發展順當，其他也不去深究了！

最近，台灣音樂及歌唱的演出，非常蓬勃。大眾對歌劇或歌唱劇也很瘋迷。這一劇本許是台灣第一本譜曲完成的西洋式歌劇劇本，曲譜也是國人的作品，希望今後能予以演出，使永剛先生耗費數年遺下的力作，能全面地呈現於世。出版這冊劇本，如能引起音樂、戲劇、文藝界的關注和行動，則幸甚焉！最後，要特別感謝李歐梵院士為此作序及秀威公司的支持出版。

夏菁

二〇一一年七月一日

美學藝術類 PH0046

孟姜女
——台灣第一本譜曲之歌劇劇本

作　　者／夏　菁
責任編輯／蔡曉雯
圖文排版／蔡瑋中
封面設計／陳佩蓉

發 行 人／宋政坤
法律顧問／毛國樑　律師
印製出版／秀威資訊科技股份有限公司
114台北市內湖區瑞光路76巷65號1樓
電話：+886-2-2796-3638　傳真：+886-2-2796-1377
http://www.showwe.com.tw
劃撥帳號／19563868　戶名：秀威資訊科技股份有限公司
讀者服務信箱：service@showwe.com.tw
展售門市／國家書店（松江門市）
104台北市中山區松江路209號1樓
電話：+886-2-2518-0207　傳真：+886-2-2518-0778
網路訂購／秀威網路書店：http://www.bodbooks.com.tw
國家網路書店：http://www.govbooks.com.tw
圖書經銷／紅螞蟻圖書有限公司
114台北市內湖區舊宗路二段121巷28、32號4樓
電話：+886-2-2795-3656　傳真：+886-2-2795-4100

2011年8月BOD一版
定價：200元
版權所有　翻印必究
本書如有缺頁、破損或裝訂錯誤，請寄回更換

Copyright©2011 by Showwe Information Co., Ltd.
Printed in Taiwan
All Rights Reserved

國家圖書館出版品預行編目

孟姜女 : 台灣第一本譜曲之歌劇劇本 / 夏菁著. -- 一版. --
臺北市 : 秀威資訊科技, 2011. 08
面； 公分. --（美學藝術 ; PH0046）
BOD版
ISBN 978-986-221-777-1（平裝）

854.5 100010491

讀者回函卡

感謝您購買本書，為提升服務品質，請填妥以下資料，將讀者回函卡直接寄回或傳真本公司，收到您的寶貴意見後，我們會收藏記錄及檢討，謝謝！

如您需要了解本公司最新出版書目、購書優惠或企劃活動，歡迎您上網查詢或下載相關資料：http:// www.showwe.com.tw

您購買的書名：________________________________

出生日期：________年________月________日

學歷：□高中（含）以下　□大專　□研究所（含）以上

職業：□製造業　□金融業　□資訊業　□軍警　□傳播業　□自由業

□服務業　□公務員　□教職　□學生　□家管　□其它______

購書地點：□網路書店　□實體書店　□書展　□郵購　□贈閱　□其他

您從何得知本書的消息？

□網路書店　□實體書店　□網路搜尋　□電子報　□書訊　□雜誌

□傳播媒體　□親友推薦　□網站推薦　□部落格　□其他__________

您對本書的評價：（請填代號　1.非常滿意　2.滿意　3.尚可　4.再改進）

封面設計____　版面編排____　內容____　文／譯筆____　價格____

讀完書後您覺得：

□很有收穫　□有收穫　□收穫不多　□沒收穫

對我們的建議：________________________________

____

____

____

請貼
郵票

11466
台北市內湖區瑞光路 76 巷 65 號 1 樓
秀威資訊科技股份有限公司 收
BOD 數位出版事業部

(請沿線對折寄回,謝謝!)

姓　　名:＿＿＿＿＿＿＿＿　年齡:＿＿＿＿　性別:□女　□男

郵遞區號:□□□□□

地　　址:＿＿＿＿＿＿＿＿＿＿＿＿＿＿＿＿

聯絡電話:(日)＿＿＿＿＿＿＿＿(夜)＿＿＿＿＿＿＿＿

E-mail:＿＿＿＿＿＿＿＿＿＿＿＿＿＿＿＿